Crocodile casse-tout

Felicity Everett
Adaptation de Rebecca Treays

Illustrations
d'Alex de Wolf

Texte français de France Gladu

Éditions
SCHOLASTIC

Table des matières

Chapitre 1

Everglades

Coco Ducroc se rend au travail. C'est le premier jour de son nouvel emploi.

Elle va travailler chez Everglades,
le plus gros magasin de la ville.
Et le meilleur!

On y vend des articles qu'on ne trouve nulle part ailleurs. Coco est donc fière comme un paon d'avoir décroché cet emploi.

- Jouets
- Porcelaine
- Animaux exotiques
- Robots
- Articles de luxe
- Épicerie fine

Coco travaille d'abord au rayon de la porcelaine. Après dix minutes à peine, elle a vendu soixante tasses et leurs soucoupes à une dame très riche. Elle se débrouille bien.

Coco emballe la porcelaine avec soin et la range dans une caisse. Elle est aussi douce que peut l'être un crocodile, mais un tantinet trop lente. La dame commence à s'impatienter.

7

Coco s'empresse de faire une grosse boucle sur la caisse. Elle ne veut surtout pas contrarier sa première cliente. Mais lorsqu'elle soulève la caisse, patatras!

La caisse était à l'envers. Soixante tasses et autant de soucoupes s'écrasent sur le plancher.
La cliente en colère tape du pied et s'en va.

Coco passe ensuite au rayon des jouets.
Elle espère qu'il y aura moins de choses
fragiles. Elle ne veut plus d'incidents.
« Je vais ranger ce ballon, se dit-elle.
Quelqu'un pourrait buter dessus et se
faire très mal. »

Mais alors qu'elle se penche, sa queue balaie le sol. L'Express du Royaume des jouets déraille brutalement.

On l'envoie alors au rayon de l'épicerie fine. Mais là, les choses vont de mal en pis.

Coco se prend les pattes dans un tabouret. Un bol de laitue vole dans les airs et atterrit…

… sur la tête d'Ernest Everglade.
Ernest Everglade est le propriétaire du
magasin. C'est le patron de Coco et il
est très, très mécontent.

— À mon bureau, crie-t-il.
IMMÉDIATEMENT!
Coco obéit en tremblant.

Chapitre 2

Un patron furieux

Ernest Everglade est furieux.
Il aime la laitue, mais pas
sur sa tête.

— Partez et
ne revenez plus
jamais, dit-il
à Coco.
Je ne veux
pas d'un
crocodile
casse-tout
dans mon
magasin.

Coco supplie et implore, tant et plus.
— Donnez-moi une dernière
chance. Je ferai très attention,
promet-elle.

Mais M. Everglade s'intéresse
davantage à son journal. Il n'écoute
même pas Coco.

Enfin, il lève les yeux vers elle.
— Je n'ai pas de temps pour vous,
soupire-t-il. Des voleurs de bijoux sont
en ville. Les célèbres Assoiffés d'or.

Coco en a le souffle coupé. Tout le
monde connaît les Assoiffés d'or!
Malgré tout, elle veut retrouver son
emploi. Elle éclate en sanglots.

M. Everglade ne supporte pas les larmes. Il est prêt à tout pour les voir cesser.

— Ça va, ça va, dit-il. Lundi matin à la première heure, soyez aux articles de luxe.

Oh! Merci! Vous ne le regretterez pas, c'est promis.

Chapitre 3

L'entraînement

Le lendemain est un dimanche. Chez elle, Coco travaille très fort pour se préparer au lundi.

Elle vide ses armoires et empile tout
leur contenu. Casseroles, assiettes,
tasses, soucoupes : rien n'est épargné.
Les piles se font de plus en plus
branlantes… et s'élèvent…
de plus en plus…
haut…

Ensuite, Coco trouve du papier, des ciseaux, des rubans et du ruban adhésif. Elle emballe tout ce qui lui tombe sous la patte.

Pourquoi les ballons sont-ils aussi ronds?

Une fois l'emballage terminé, Coco est
épuisée. Elle ne veut plus qu'une chose :
s'asseoir. Sauf qu'il y a un petit problème
avec sa chaise la plus confortable…

Alors, devant son miroir, elle fait semblant de servir des clients.

— Un cochon volant? Peut-être au rayon des animaux, monsieur… Désolée, madame, nous ne vendons pas de sacs en peau de crocodile.

Vous n'aimez pas vos chaussettes à pois, monsieur? Je vous les échange tout de suite.
Elle affiche son sourire de crocodile jusqu'à en avoir mal aux mâchoires.

Enfin, Coco arbore son insigne
Everglades et s'admire dans le miroir.
Elle a fière allure!

Chapitre 4

Coco aux commandes

Le lundi matin, Coco est la première arrivée au rayon des articles de luxe.

Elle ne trouve que l'agent de sécurité.
Il a surveillé le magasin toute la nuit.

L'agent termine son déjeuner. Il est très heureux de voir Coco. Il peut maintenant rentrer chez lui et dormir.

Puisque vous êtes là, je peux partir.

Coco est inquiète. Elle ne veut pas être toute seule dans le magasin.

— Tout ira bien, dit l'agent. Vous n'avez qu'à surveiller l'émeraude Everglades.

L'agent est parti. Coco n'est plus
inquiète. Elle se sent importante.
Elle a une grande responsabilité.

L'émeraude Everglades est l'objet le plus coûteux du magasin. On la garde derrière une vitrine de verre extrarésistant.

Jamais Coco n'a vu une aussi belle pierre précieuse.

35

Mais Coco n'est pas la seule à admirer l'émeraude. Dissimulés derrière un vase, il y a Nic et Roger : les Assoiffés d'or!

— Magnifique, soupire Nic.

— Mais regarde cette vitrine, dit Roger. Comment allons-nous la casser?

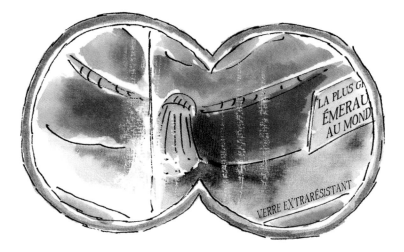

— Ne crains rien, chuchote Nic. Et alors que Coco s'éloigne de la vitrine, il sort quelque chose de sa poche.

Chapitre 5

Le drame!

Nic tient un petit sifflet.
— Mon arme secrète, dit-il. Les
humains ne l'entendent pas, mais
elle peut…

Il porte le sifflet à sa bouche et souffle.
La vitrine vole en éclats.

— … casser le verre! poursuit-il.
Il sourit. L'émeraude Everglades est
désormais à leur portée.

— Fabuleux, murmure Roger. Je vais
enfin mettre la main dessus!

Nic et Roger sortent de leur
cachette. Leurs yeux
brillent d'envie.

— Allons chercher notre prix, à
présent, dit Nic.

41

Les voleurs se rapprochent de l'émeraude. Mais Nic a commis une grave erreur.

Il croit avec raison que les humains n'entendent pas le sifflet. Mais ce qu'il ignore, c'est que les animaux, eux, peuvent l'entendre.

« Hé, se dit Coco, c'est l'Express du
Royaume des jouets! »
Elle se tourne vivement, prête à foncer
vers le rayon des jouets… mais oublie
sa queue, qui virevolte derrière elle.

43

Cette fois, la queue s'accroche à un collier de perles d'une très grande valeur. Coco tire pour la dégager.

Le collier se rompt d'un coup sec, les perles roulent dans tous les sens et Coco perd l'équilibre.

Les Assoiffés d'or perdent pied eux
aussi. Glissant sur les perles, ils
tombent à la renverse et entraînent
dans leur chute l'émeraude Everglades.

Coco se retourne et aperçoit les
Assoiffés d'or effondrés par terre.
— Oh non! Des clients! s'écrie-t-elle
en volant à leur secours.

Roger grogne de douleur. Nic a l'œil sur l'émeraude. Il ne laissera pas un crocodile casse-tout saboter son plan. Il rêve depuis des années de voler l'énorme pierre précieuse.

Aïe! Je suis couvert de bleus!

Elle est à moi. Il me la faut!

Coco est si pressée d'aider qu'elle trébuche. Elle glisse sur le plancher, les pattes tendues…

et s'écrase le museau contre une
table… où sont posés les trésors
anciens d'Everglades.
La table oscille… les trésors oscillent…
Puis tout bascule.

Coco se relève. Elle est horrifiée. Mais qu'a-t-elle fait?
L'un des vases anciens est tombé de la table…

... pour atterrir sur la tête
de ses clients.

51

Le patron arrive à ce moment précis.
Coco tente de s'expliquer. Mais comme
d'habitude, M. Everglade ne l'écoute
pas.

Il vient d'apercevoir l'émeraude
Everglades sur le plancher.

Puis, il voit le vase. Et les jambes. Et le sac, juste à côté. Et il a vite fait de comprendre.

Le patron n'est plus furieux. Il est plutôt très content et satisfait.

Il ramasse l'émeraude et adresse à Coco
un large sourire.
— Bien joué! Vous avez sauvé
l'émeraude Everglades!

Coco est perplexe. M. Everglade
montre le vase du doigt.

— Et vous avez attrapé les Assoiffés d'or, ajoute-t-il.

— Ah? Mais oui! dit Coco.

Chapitre 6

Coco l'héroïne

Cet après-midi-là, le patron
donne une fête en l'honneur
de Coco.

Toute la ville est invitée, sauf les Assoiffés d'or. Nic et Roger sont tous deux derrière les barreaux.

C'est la plus belle fête qu'on ait jamais vue. Chants, danses, gâteau et crème glacée sont au rendez-vous, et le tout se termine par des feux d'artifice fantastiques!

Ensuite, Coco reçoit une médaille.
Jamais de toute sa vie elle ne s'est
sentie aussi fière. La voilà devenue
une héroïne.

Après la fête, M. Everglade sourit à Coco.
— J'ai un nouveau travail pour vous, dit-il.
Il ne veut plus voir Coco préposée à la vente.

Elle est désormais chef de la dégustation et de la vérification chez Everglades – et sa queue ne bouge plus.

Dans cette collection

NIVEAU 4

Conception graphique : Katarina Dragoslavić
et Maria Wheatley

Catalogage avant publication de Bibliothèque et Archives Canada

Treays, Rebecca

Crocodile casse-tout / Felicity Everett ; adaptation de Rebecca
Treays ; illustrations de Alex de Wolf ; texte français de France Gladu.

(Petit poisson deviendra grand)
Traduction de: The clumsy crocodile.
Pour les 7-10 ans.
ISBN 978-1-4431-0186-8

I. De Wolf, Alex II. Gladu, France, 1957- III. Everett, Felicity.
Clumsy crocodile. IV. Titre. V. Collection: Petit poisson
deviendra grand (Toronto, Ont.)

PZ26.3.T737Cr 2010   j823'.914   C2010-900350-0

Édition publiée par les Éditions Scholastic,
604, rue King Ouest, Toronto (Ontario) M5V 1E1,
avec la permission d'Usborne Publishing Ltd.

5 4 3 2 1   Imprimé à Singapour 46   10 11 12 13 14